AF313232

CATALOGUE

DES

TABLEAUX

Aquarelles & Dessins

Composant le

Cabinet de M. MATHIAS

ET DONT LA VENTE AURA LIEU A PARIS

HOTEL DROUOT, SALLE N° 6

Le Vendredi 24 Avril 1903

à 3 heures

COMMISSAIRE-PRISEUR	EXPERT
Me PAUL CHEVALLIER	M. GEORGES PETIT
10, rue Grange - Batelière, 10	12, rue Godot-de-Mauroi, 12

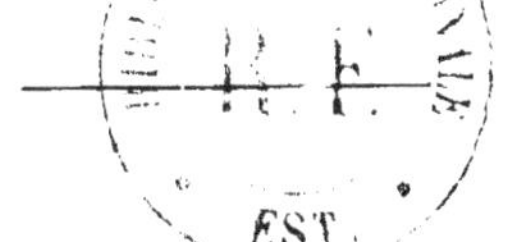

EXPOSITION PUBLIQUE

Le Jeudi 23 Avril 1903, de 1 heure 1/2 à 5 heures 1/2

CONDITIONS DE LA VENTE

Elle sera faite au comptant.

Les acquéreurs payeront *dix pour cent* en sus des prix d'adjudication.

Paris — Imp. Georges Petit, 12, rue Godot-de-Mauroi — 12987-03.

Collection Mathias

Les peintres de notre école 1830 paraissent devoir rester encore longtemps les enfants choyés des collectionneurs. Ils doivent cette préférence autant à leurs qualités de sincérité, à leur robuste équilibre et à leur intime poésie qu'à leur bienfaisante action, qui se fait encore sentir aujourd'hui sur un grand nombre de nos artistes contemporains.

Sous l'influence de ces impressions, M. Mathias s'est complu à grouper dans un ensemble homogène des œuvres et des notations attrayantes de l'école 1830 et celles dues au pinceau et au crayon de certains maitres de notre école moderne d'hier et d'aujourd'hui. Corot, Rousseau, Daubigny, Dupré, Millet, ces révolutionnaires d'antan, devenus pour nous des classiques, sont tous là, voisinant avec Veyrassat, Harpignies, Lhermitte, et des novateurs comme Jongkind et Boudin.

Présidant à cet ensemble *La Joueuse de Mandoline* de Corot, figure poétique, fille de la terre italienne où elle a promené la mélancolie de sa vie nomade; elle porte en elle les senteurs de cette nature si chère au grand maître qui a mis là toute la poésie de son excessive sensibilité. La prose captivante de son « cher Daubigny » ne nous séduira pas moins : devant la solide charpente de l'esquisse magistrale que nous rencontrons ici, l'infini regret de ce qui aurait pu encore être accompli hantera peut-être quelques-uns ; et cependant, pour les délicats, cette œuvre est complète : ils saisiront l'impression de l'artiste dans toute la fleur de la première ébauche et se réjouiront de cette intéressante page, volontairement limitée aux indications décisives de ce crépuscule fuyant déjà enveloppé de ténèbres. Sobre et robuste comme toujours, Rousseau est là et sa *Forêt de Fontainebleau* vous dira que ce réaliste par excellence était lui aussi un poète ; d'une délicatesse infinie et en même temps d'une puissance difficile à dépasser dans un si petit cadre, cette sépia reste dans le genre une œuvre unique ; quant à Dupré, il chantera sa vision plus subjective de la nature dans une précieuse aquarelle. Bonvin et Troyon sont également représentés ici en deux dessins où circule comme un souffle d'air de la Hollande ; *Le Cabaret* du premier nous rappellera de Steen l'humour et l'observation caustique avec quelques chose d'assagi, tandis que Troyon laissera percer dans son modeste *Intérieur de ferme* l'admiration qu'il professait pour Rembrandt. Et c'est encore Millet, avec quelques confidences de ses observations journalières jetées sur le papier en des formules succinctes, dans la nuance fugitive de son émotion ; c'est Barye, dont le pinceau a sculpté une curieuse *Panthère à l'affût* ; c'est Roqueplan, Jadin, avec des aquarelles d'une exécution légère, vive et transparente.

Si le mouvement littéraire des romantiques, inséparable de la rénovation du paysage en 1830, a encouragé des indépendants, comme Daumier, qui figure ici avec deux petits morceaux de choix déjà connus des familiers des grandes expositions de ces dernières années, il a engendré, au premier chef, des poètes comme Delacroix ; ses deux esquisses de dessus de porte aux lointains bleuissants, riches, savoureuses par l'harmonieuse opulence du coloris, sont des notations décoratives assez rares à rencontrer.

Je l'ai dit, quelques disciples choisis de tous ces maîtres sont aussi là : les uns, continuateurs directs de leur style, ont marché dans la voie déjà tracée avec leurs qualités personnelles ; d'autres, plus émancipés, plus amoureux de la liberté, ont chanté leurs impressions dans des formules rajeunies. Parmi les premiers, nous retrouvons : Veyrassat, bien servi par l'aisance de sa facture grasse et nourrie ; Harpignies, en trois aquarelles déjà anciennes, dont une exquise *Vue de Rome*, où flotte la même sérénité d'atmosphère, la même limpidité de touche que chez son grand ancêtre ; Lhermitte, avec un remarquable fusain : lui aussi porte avec aisance l'hérédité non moins écrasante de Millet ; dans l'enveloppe de l'exécution encore naïve, et c'est ici une qualité, son *Moissonneur* ne nous semble que plus près de la nature ; sa rude silhouette penchée sur les blés lourds et celle de sa compagne partageant son pénible labeur, seraient une page digne de l'humble habitant de la chaumière de Barbizon.

Quant à ceux que l'on a désignés sous le nom de « modernistes », ils sont représentés ici par Jongkind, l'initiateur avisé du plein air, et par Boudin. Une aquarelle du premier note les transparences rosées d'une heure matinale, avec les hachures vives et les stries vibrantes de sa facture familière : de Boudin, deux toiles et une aquarelle où le peintre épris de la mer, des ports et surtout des plages dont il affectionnnait particulièrement l'animation mondaine, laisse percer l'extrême sensibilité de son œïl et son amour des harmonies grises. Préoccupés également de la solution du grand problème de la lumière, qu'ils abordent cependant avec moins de hardiesse, mais non moins de sincérité, il faut citer Gegerfeldt, Guillemet et Plassan ; leurs paysages retiendront l'attention. Enfin, presque égaré dans ce cénacle, *La Conversation Galante* de Heilbuth laisse à penser en la tendresse d'une note noire et rose, que quelque chose de la grâce de Watteau peut encore se retrouver sous le pinceau d'un peintre de genre du xixe siècle.

Et pour terminer, ne faut-il pas dire encore quelques mots du peintre John Lewis Brown qui affirme ici toute la distinction de son talent. La renommée de cet artiste puissant et délicat tout à la fois grandit tous les jours. Lui aussi a été fortement impressionné par l'influence romantique ; ses aquarelles vous diront qu'il s'est approprié tout l'éclat et toute la transparence de touche de Bonnington et d'Eugène Lami. Peintre et graveur, cet homme de sport aima passionnément le cheval, principalement le pur sang, dont il restera à jamais le peintre attitré. Émule de Meissonier dans sa première manière, que l'on peut dire classique, il se rallia, à la fin de sa vie trop courte, à l'école du plein air, vers laquelle l'orientèrent son tempérament curieux et les impressions sérieusement contrôlées qu'il recueillit au cours de ses délassements sportifs. Les deux étapes nettement caractéristiques de l'évolution de ses tendances artistiques sont résumées dans la collection Mathias en deux toiles fortes et pittoresques, d'un coloris et d'une souplesse incomparables.

Telles sont, dans leur ensemble, les pièces qu'il convenait plus particulièrement de signaler à l'attention des chercheurs. Pas de morceaux à grand fracas, mais des œuvres spontanées, saines, enfantées dans les bons jours, qui s'imposent par leur aimable familiarité ; chaque toile, chaque note si discrète, si humble soit-elle, charme par la conviction de son expression sincère. Appelées à affronter le grand jour brutal des enchères publiques, pour aller engendrer de la joie en d'autres foyers, les délicats sauront leur faire bon accueil.

M. HORTELOUP.

9 Avril 1903.

TABLEAUX

BONNEMAISON

1 — *Les Foins.*

Signé à gauche, en bas, et daté : *1875.*

Toile. Haut., 25 cent.; larg., 32 cent.

BOUDIN

2 — *Le Port du Havre.*

Signé à gauche, en bas, et daté : *1874.*

Panneau. Haut., 24 cent.; larg., 39 cent.

BOUDIN

3 — *Au bain de mer.*

Signé à droite, en bas.

Panneau. Haut., 14 cent.; larg., 27 cent.

BROWN (J.-L.)

4 — *Le Ralliement.*

Signé à gauche, en bas, du monogramme :
J. L. B. et daté : *1882.*

Toile. Haut., 52 cent.; larg., 63 cent.

BROWN (J.-L.)

5 — *Deux cavaliers sur une route.*

Une des dernières œuvres du maître.
Signé à gauche, en bas.

Panneau. Haut., 19 cent.; larg., 46 cent.

BROWN (J.-L.)

6 — *Combat de cavaliers.*

Signé à droite, en bas.

Panneau. Haut., 21 cent.; larg., 16 cent.

BUTIN

7 — *Filets séchant au bord de la mer.*

A gauche, en bas, le cachet de la vente.

Toile. Haut., 46 cent.; larg., 55 cent.

COROT

8 — *Femme jouant de la mandoline.*

Assise et vue presque de face, elle est vêtue d'une robe verte, le corsage ouvrant en pointe sur la poitrine. Ses cheveux sont retenus par un foulard jaune et elle tient sur ses genoux une mandoline.

Signé à gauche, en bas.

Toile. Haut., 46 cent.; larg., 31 cent.

Vente Paton.

DAUBIGNY

9 — *Coucher de soleil.*

Une rivière, dont les eaux reflètent les derniers feux du soleil, coule entre deux rives verdoyantes.

A gauche, deux vaches viennent se désaltérer.

Au fond, un rideau d'arbres dresse sa silhouette sombre sur le ciel embrasé.

Signé à gauche, en bas.

Toile. Haut., 82 cent.; larg., 1 m. 80

Vente Barbedienne.

DELACROIX

10 — *Minerve présentant à Junon Hercule enfant.*

Dessus de porte du salon de la Paix, à l'Hôtel de Ville incendié en 1871.
Forme cintrée.

Toile. Haut., 24 cent.; larg., 45 cent.

Exposition Delacroix, 1885.

DELACROIX

11 — *Hercule au repos.*

Dessus de porte du salon de la Paix, à l'Hôtel de Ville incendié en 1871.
Forme cintrée.

Toile. Haut., 24 cent.; larg., 45 cent.

Exposition Delacroix, 1885.

DELIERRE

12 — *Nature morte.*

Toile. Haut., 1 m. 28; larg., 1 mètre.

FEYEN-PERRIN

13 — *Les Cancalaises.*

Signé à droite, en bas, et daté : *1884.*

Toile. Haut., 54 cent.; larg., 73 cent.

GEGERFELDT

14 — *Patineurs sur un canal en Hollande.*

Signé à droite, en bas, et daté : 75.

Panneau. Haut., 46 cent.; larg., 68 cent.

Vente Ch. Laurent. 1896 :

GUILLEMET

15 — *Bord de mer.*

Signé à gauche, en bas.

Toile. Haut., 54 cent. ; larg., 72 cent.

HEILBUTH

16 — *La Conversation galante.*

Signé à gauche, en bas, du monogramme :
F. H.

Toile. Haut., 19 cent.; larg., 25 cent.

HEILBUTH

17 — *La Conversation sur l'herbe.*

Signé à gauche, en bas.

Panneau. Haut., 12 cent.; larg., 19 cent.

MONTICELLI

18 — *Paysage avec figures.*

Signé à droite, en bas.

Panneau. Haut., 30 cent.; larg., 29 cen

PLASSAN

19 — *Environs de Poitiers.*

Signé à droite, en bas.

Panneau. Haut., 18 cent.; larg., 21 cent.

ROLL

20 — *Femme de pêcheur au bord de la mer.*

Signé à droite, en bas.

Toile. Haut., 72 cent.; larg., 58 cent.

ROQUEPLAN

21 — *La Jeune fille à la rose.*

Signé à droite, en bas, et daté : *1843.*

Toile. Haut., 25 cent.; larg., 18 cent.

Vente Moreau-Nélaton.

STADLER

22 — *Effet de soir.*

Signé à droite, en bas.

Panneau. Haut., 31 cent., larg., 22 cent.

VEYRASSAT

23 — *Paysan à cheval.*

Signé à droite, en bas.

Panneau. Haut., 15 cent.; larg., 23 cent.

YON (Edmond)

24 — *Bord de rivière.*

Signé à gauche, en bas.

Panneau. Haut., 26 cent.; larg., 43 cent.

Aquarelles & Dessins

ANASTASI

25 — *Moulins en Hollande.*

    Aquarelle.

    Signé à gauche, en bas.

BARYE

26 — *Panthère à l'affût.*

    Aquarelle.

    Signé à droite, en bas.

Vente Barye.

Exposition Centennale de l'Art français en 1900.

BONVIN

27 — *Intérieur de cabaret flamand.*

    Fusain.

    Signé à droite, en bas, et daté : *1866.*

Exposition Centennale de l'Art français en 1900.

BOUDIN

28 — *Coup de vent.*

> Aquarelle.
> Signé à droite, en bas, et daté : *65.*

BROWN (J. L,)

29 — *Lancier blanc.*

> Aquarelle.
> Signé à droite, en bas, et daté : *1862.*

CHARLET

3o — *Un Promeneur.*

> Lavis.
> Signé à droite, en bas.

DAUMIER

31 — *Les Enfants.*

> Aquarelle.
> Signé à gauche, en bas.

Exposition de Daumier à l'École des Beaux-Arts,
n° 228.

DAUMIER

32 — *Le Wagon de 3ᵐᵉ classe.*

> Dessin à la plume et lavis.

Exposition de Daumier à l'École des Beaux-Arts,
n° 227.

DECAMPS

33 — *Le Chenil.*

    Aquarelle.

    Signé à gauche : *D C.*

DORÉ (Gustave)

34 — *Jeu de paume.*

    Dessin rehaussé de gouache.

    Signé à gauche, en bas.

DUPRÉ (Jules)

35 — *Vaches au pâturage.*

    Aquarelle.

    Signé à droite, en bas.

        Vente Marmontel.

GAVARNI

36 — *Un Nid.*

    Aquarelle.

    Signé à droite, en bas.

    Cadre en bois sculpté.

GUILLEMIN

37 — *L'Avare.*

    Aquarelle

    Signé à gauche, en bas.

HARPIGNIES

38 — *Écoliers à la pêche.*

Sur une berge bordée d'arbres, au milieu d'une petite éclaircie, deux écoliers sont en train de pêcher à la ligne. Plus loin, un troisième appelle d'autres camarades.

Aquarelle.

Signé à gauche, en bas.

HARPIGNIES

39 — *Environs de Rome.*

Auprès d'une maisonnette abritée par de grands arbres, des touristes, sans doute attirés par la beauté du site, sont venus se reposer un instant; l'un d'eux examine une vieille sépulture et semble chercher à en déchiffrer les inscriptions.

Aquarelle.

Signé à gauche, en bas, et daté : *1869.*

HARPIGNIES

40 — *Vue d'Auxerre.*

Aquarelle.

Signé à gauche, en bas, et daté : *1870.*

HILDEBRANDT

41 — *Négresse assise.*

Aquarelle.

Signé à gauche, en bas, et daté : *1845.*

JADIN

42 — *Paysage : forêt de Fontainebleau.*

    Aquarelle.
    Signé à gauche, en bas, et daté : *1846.*

JONGKIND

43 — *Route près Grenoble.*

    Aquarelle.
    Signé à droite, en bas, et daté : *24 déc. 1885.*

LHERMITTE

44 — *La Moisson.*

    Fusain.
    Signé à gauche, en bas.

LUMINAIS

45 — *Intérieur breton.*

    Aquarelle.
    Signé à gauche, en bas.

MILLET (J.-F.)

46 — *La Balayeuse.*

    Dessin à la plume sur papier calque.
    Signé à droite, en bas : *J. F. M.*

MILLET (J.-F.)

47 — *Pan et Syrinx.*

    Sépia.
    Signé à droite, en bas : *J. F. M.*

MILLET (J.-F.)

DANS UN MÊME CADRE :

48 — *Moulin à eau. — Champ en Auvergne.*

> Dessins à la plume.
> Timbre de la vente.

DE PENNE

49 — *Épagneul sous bois.*

> Aquarelle.
> igne à gauche, en bas.

MONNIER (H.)

DANS UN MÊME CADRE :

5o — *Déclaration. — Causerie.*

> Aquarelles.
> Signé à gauche, en bas : *H. M*

MORIN

51 — *Les Boulevards.*

> Aquarelle.
> Signé à droite, en bas, et daté : *1876*

PALLIÈRE

52 — *La Confession.*

>   Aquarelle.
>   Signé à gauche, en bas.

PILLE (H.)

53 — *Soldats au cabaret.*

>   Dessin à la plume.
>   Signé à gauche, en bas.

ROQUEPLAN

54 — *La Cueillette.*

>   Aquarelle.
>   Signé à gauche, en bas.

ROUSSEAU (Th.)

55 — *Route dans la forêt de Fontainebleau.*

>   Lavis.
>   Signé à gauche, en bas : *Th. R.*

Exposition Centennale de l'Art français en 1900.

ROUSSEAU (Th.)

56 — *Les Gorges d'Apremont.*

>   Lavis.
>   Signé à droite, en bas : *Th. R.*

ROYBET

57 — *Chanteur florentin.*

Aquarelle.
Signé à gauche, en bas : *F. R.*
Au dos se trouve un autre dessin de l'artiste.
Cadre en bois sculpté.

TROYON

58 — *Intérieur de paysan.*

Fusain rehaussé.
Signé à gauche, en bas.

VOLLON

59 — *Paysan à cheval près d'une ferme.*

Fusain.
Signé à droite, en haut.

VUILLEFROY

60 — *Vaches au pâturage.*

Aquarelle.
Signé à gauche, en bas.

9 782329 474779